能祖將夫

かなしみという名の爆弾を

書肆山田

目次——かなしみという名の爆弾を

I　後八千の葉

II　声を響かせて

かなしみという名の爆弾を

I

後《あと》八千の葉

エクスプレッション

コルトレーンの夢を見た
と言っても
ジョン・コルトレーン自身は出てこない
新たに彼の遺作が見つかったというのだ

一九六七年七月
四十歳の若さで急逝した稀代のジャズ・サックス奏者
コルトレーンの遺作は
同年二月と三月

――2016・4・21

スタジオ録音された「エクスプレッション」だが
実はその後、密かにもう一枚録音されていた……
とても落ち着いた部屋で（どこかは分からない）
とても落ち着いた女の人が（誰かは分からない）
そう教えてくれて
レコードに針を落とした

夢の中で聴いたそれが
どんな曲だったか、どんな演奏だったか
なにも思い出せないのだが
コルトレーンの声ははっきりと覚えている

…………

Life is silk
…………
Life is velvet
…………
Life is a smile

多重録音なのだろう
間をあけて短く三つ
演奏に声が重ねてある

…………
Life is silk
…………

Life is velvet
…………
Life is a smile

コルトレーンの肌
のような声だった

忘れたくないと思い
目が覚めてすぐに
これを書いたというわけだ

変身！

突然、捕まったのだ
捕虫網に捕まるように

 ――― 2016・5・8

その時、わたしは虫だった！
かなしみの網の中で
どこにもゆけず
鳴くしかなかった

細胞には海の記憶が刻まれている

ぼくらがやってきたのは海から
血と
涙のしょっぱさにおいて
それは証明される

 ——2016・5・17

だが海は二つ
君はどちらの海からやってきたか？
よろこびの海か
かなしみの海か

参詣

こんな早くの
普段は静かな境内に
今朝はぺちゃくちゃと
なにやらおしゃべりが聞こえた気がして

見回すと
銀杏《いちょう》の青葉が風に揺れて
銀杏には雌と雄があるというから
数本ある木は

——2016・6・1

女子校と男子校
それぞれの教室では
新学期の生徒らがぺちゃくちゃぺちゃくちゃ
鈴を鳴らすと

神様先生のお出まし
一時間目は数学
人の世の
吉と凶の確率について

霊媒と詩人

霊媒が降霊術を行うように
詩人は降詩術を行って
詩の霊
のようなものを降ろしてくる

だが大きな違いもあって
霊媒は死霊の言葉を語るが
詩人は詩霊の言葉は語らない
そもそも詩霊は言葉を持たず

 ——2016・6・23

言葉なきものに言葉を与えてゆくのが
詩人の術というものだ
もやもやした詩の霊
それがあたかも初めからそうであったかのように
言葉の形で降ろせることもあれば
じっくりと追い詰めながら
ようやく言葉にとらえることもある

世界は霊に満ちている
それをとらえるのが
わたしたちの仕事だ

違いはもう一つあって

霊媒は身を清め
キリリとした態度で霊に向かうが
詩人は半ば口を開け
ぼんやり頬杖など突きながら詩霊を迎え入れる
どちらも胡散臭く見えるが
当人はいたって真剣であることに
違いはない

盆の上

盆にちょこんと
ご先祖様が載っていた
ああ今夜もこうして
やりきれない思いを抱えて
酔い痴れて帰ってきたからか
と思わず反省モードに入ってみたが
別段咎めているわけでもなさそうだ
そうか今日はお盆だった
だからと言って盆の上で待っていなくても
と見直すと

 ――― 2016・8・13

盆一杯に増えてるご先祖様
みな白装束で
きちんと正座して
やべっ、親父もいる!
いつも見守ってくださりありがとうございます
合掌、おそるおそる目を開けると
団子だ、盆に載っていたのは
ではひとつ
ん、甘いこと甘いこと
なんだかなにもかも
許されたような気がした

海の家

日中は
家族連れで賑わう海の家も
日が暮れると
恋人たちの甘い隠れ家
さらに夜更けて
近所の年寄りらの寄り合いの場に
ほぼ惚けた者らが
蟹のように泡吹いたり
なにかを切ろうとする仕草をしながら

 ―― 2016・8・15

うっすらと透けていって
やがては幽霊たちの
溜まり場に

幽霊の言葉は
波と区別がつかないので
波音だけが
秋へとむかう

魚は海に帰れ

海辺の砂は
降り始めた雨に濡れて
足跡を魚影に変えた

魚は海に帰れ

——2016・8・16

そう命じたのは誰だったか？
かなしい魚はかなしい心を乗せて
海へと向かった

西からやって来た奴

旅先での仕事も早めに終わり
ほっと一息、缶ビール片手に
東京へ帰る新幹線のプラットホームで
列車の来る方を見やると

この世の果てまでと思えるほどに
真っ直ぐ延びた線路の先の

 ——— 2016・8・25

この世のものとは思われない夕焼けに
魂を奪われて

やって来た列車には
奪われた魂が乗っていたが
すでに一杯ひっかけてきたらしく
夕焼け色に染まっていた

でんでん猫

仕事の合間
窓から見える猫背の山を戯れに
猫山と呼んでみて
猫が集う山と想像するうち

山頂が雲におおわれ
あ、あそこらはきっと雨
木陰や葉陰で背中まるめて
まどろんでいるんだね、猫

――2016・8・28

郵 便 は が き

〒171-0022

東京都豊島区南池袋2-8-5-301

書 肆 山 田 行

常々小社刊行書籍を御購読御注文いただき有難う存じます。御面倒でも下記に御記入の上、御投函下さい。御連絡等使わせていただきます。

書名

御感想・御希望

御名前

御住所

御職業・御年齢

御買上書店名

するとどうだ
まるい背中が殻につつまれ
猫はみんなでんでん虫に
いや、でんでん猫に

黒、白、三毛、虎
シャムにペルシャ
てんでにてんでんなでんでん猫ってんで
耳だせヒゲだせシッポだせ

と口ずさむうち

ぼくの頭の頂も
眠たいような
雲におおわれ

なんまいだ

——熱海来宮神社、樹齢二千年の大楠の前で

大樹の万葉を見上げて
いったい何枚の葉があるのか？

数えようにも数えようがなく
残りの日を数えてみた

ノンキに平均寿命までとして
（80 － 58）× 365

 ——2016・9・7

ざっと八千
（お、とっくに万葉を切っていたか）

八千の日がざわざわと鳴って
一枚が間もなく剝がれそう

夜陰

夜陰がやけに濃い夜は
ついふらふらと出歩いてしまって
流されてゆくのだ
闇に無闇に

海に潮の流れがあるように
闇にも闇の流れがあって
あちらへこちらへ流されていくうち
幼い日の路地裏に通じて……？

——2016・9・14

気がつけば
コンビニの白けた光に晒されて
さらわれて
さんざん連れ回された挙げ句

突然放り出された子供のように
ぽかんとしていた

サッサと

よたよたと杖を突きながら
よぼよぼの犬を連れて歩いている老人の横を
サッサと
通り過ぎていった

斎場へと分かれる道のベンチに座って
ぷかぷかと煙草を吸っている老人の前を
サッサと
通り過ぎていった

 ——— 2016・10・26

杖も突かず犬も連れず
ベンチにも座らず煙草も吸わず
サッサと
歩いてゆくのだ、ぼくは

老人には老人の
ぼくにはぼくの悲しみのスピードがあって
だからこそこんなにもぼくは
サッサと

駆け出しかねない

K──かなしみのこども

ほら、あそこを駆けてゆくのは
かなしみなんてどこ吹く風と
颪のように駆けてゆくのは……

夕陽に向かって
海に向かって
あるいはあてどなくただひたすらに

 ──2016・10・29

頭の天辺から足の先まで
張り裂けんばかりのかなしみの
風となって駆けてゆくのは……

Kはケッヘル
駆けてゆくのは
モーツァルトのト短調

雀のレース

川沿いの小道をゆくと
雀が十羽ほど茶色い背を向けて
柵に並んで止まっていた
驚かさないように
離れて静かに歩いたつもりだが
雀は片っ端から一羽ずつ
振り返っては飛んでいった
一羽、また一羽、また一羽……

——2016・11・3

最後に残ったのは
見るからに一番小さな一羽
振り返ってこっちを気にしいしい
だがなんとか
グッと踏みとどまった

なるほど
ぼくはチキンじゃないぞ
というわけだ、ね

ネコロブ島《とう》の猫

猫の寝ころぶ島があって
デブった猫らが
ゴロゴロゴロニャン
猫と言うよりオットセイで
潮風に吹かれて仏頂面で
ネコロブ島の猫はいったい
何を食ってデブっているのか？

悲しいことや苦しいことが

——2016・12・20

少なからずぼくらにはあって
けどネコロブ島の猫を思えば
ゴロゴロゴロニャン
悲しいこころや苦しいこころに
羽が生えてトビウオになって
ネコロブ島の猫の口へと

とたん仏頂面は仏の顔に
寝ころぶ猫はヨロコブ猫に
ほらネコロブ島の猫を思えば
ゴロゴロゴロニャン
心が少しは軽くなって
この悲しみも苦しみも
ちっとは耐えていけそうってわけだ

夜明けはどっちだ

夜が煮詰まって
にっちもさっちも行かなくなったんで
ナイフ摑んで飛び出したんだ
一つ風穴をあけてやろうと

見ててくれよな

 ——2017・1・3

夜に飲まれた者たちよ
待っててくれよな
夜のどこかで

切り込んで切り込んで
明日の血を浴びて帰ってくるから

かなしみという名の爆弾を

かなしみという名の爆弾を
　抱えてこうして走っているのは
かなしみという名の爆弾を
　早く埋《う》めなきゃならないから

かなしみという名の爆弾を
　なるたけ深く深く深く埋《うず》めて
かなしみという名の爆弾から
　なるたけ遠く遠く遠く離れて

——2017・1・4

かなしみという名の爆弾を
　このままこうして抱えていれば
かなしみという名の爆弾で
　木っ葉微塵になっちまうから

かなしみという名の爆弾から
　時を刻む音が聞こえて
かなしみという名の爆弾は
　自爆の腹に違いないから

かなしみという名の爆弾を

だから早くと焦るのだが
かなしみという名の爆弾も
　早く早くと急かすのだが

かなしみという名の爆弾を
　どこに捨てればいいのだろう？

見定めて撃て

撃ったばかりの銃口からは
夕靄と同じ匂いで硝煙が立ちのぼり
なにか大切なものを
無為に殺めてしまったような一日の
やるせない後悔の煙が
ぼくを包もうとしている

——2017・1・5

そいつはぼくをも中に消滅させようと
誘惑色に広がっていったが
負けまいと
再び人差し指と親指で銃をつくって
ぶっ放したのだ

上の空さん

呼ばれたので返事をした
あれは銀行のロビーだったか
調剤薬局、あるいは道端？
女の人の声で（歌うように）
「上の空さん」と呼ばれたので
「はい」と返事したところで
目が覚めた

呼んだのは誰だったか？

 ——2017・1・5

いや、それよりも
夢の中
上の空さんのわたしは
一体どんなわたしだったのか?
仕事は?
家庭は?
どんなよろこびがあり
かなしみがあって
やはり詩を書くことで
日々を乗り越えようとしているのだろうか?

夢の外
空の下のわたしは
こんなことを考えている

わたしである
日々それなりのよろこびがあり
かなしみがあって
「上の空さん」ともう一度
（歌うように）呼んでほしいと考えている
わたしでもある

こうして傘を差して

こうして傘を差しているのは
雨を避けてのことではない
雨なら避けようもなく内部にも
〈わたし〉の内部にも降っている
むしろもっと感じたいのだ
雨を、雨音を

傘に当たる雨音
無数の雨粒が自身の重みに耐えかねて

次々と身を投げた果て
長い旅のおわりに
やさしく、激しく
砕け散る音

〈わたし〉の内部にも
耐えかね
次々と身を投げるものがあって
だが旅のおわりはまだ来ない
こうして傘を差して落ちてゆく〈わたし〉は
やさしく、激しく
雨音を待ち望んでいる……

今夜もどこかの公園で

昨夜自死したあいつには
むろんそれなりの理由があっただろうが
実のところ僕らには誰にでも
自死する理由のひとつやふたつはあるものだ
にも拘わらずしないのは
しない理由が
する理由を上回るからだ
今のところ

——2017・1・15

そのひとつに
死ぬのが怖い
ということがあるにせよ
死ぬと楽になる
という気持ちを上回っている以上
自死はしない
今のところ

恐怖と快楽のシーソーゲームでは
恐怖が重いに越したことはない
いなくなってしまうことへの憧れと
いなくなってしまうことへの怖れとが
今夜もどこかの公園で
ギッコンバッコン

夜よ、お願いだから
恐怖を太らせろ
今のところ
だけでもいいから

押し殺しの歌

また朝が来て
まだ生きていることに気づくのだった
もう何日も
何ヶ月も続いている曇天に
また今日という日の曇天が連なって
気分はいったいいつ晴れるのか
あるいは晴れないまま
破滅の沛雨が降ってくるのか？

 ──── 2017・2・16

叫びそうになる唇を固く結ぼう
叫べばきっと
取り返しのつかないことになる
だから唇を固く結んで
穴蔵のような胸の内に
声にならない声をこもらせ
歌え歌え
押し殺して歌え押し殺しの歌を

爛れて垂れたあの密雲に見つかれば
破滅の沛雨に降り込まれて
きっと取り返しがつかなくなる
だから唇を固く結んで
こうして穴蔵のような胸の内に

声にならない声をむせばせ
歌え歌え
押し殺して歌え押し殺しの歌を

Have a good day !

心に何のわだかまりもない
というわけにはいかないし
固い結ぼれの
ひとつやふたつはあるのだが
とはいえ今日はこんなにいい天気
空は青空
風もそよ風
まずは大きく伸びをしようか
ついでに欠伸も
Good morning

——2017・2・28

今日吹く風は今日の風
明日の風は明日の風だ
わだかまりも結ぼれも
そりゃキリキリ痛むし
シクシク沁みもするけれど
まずは大きく伸びをしようか
ついでに欠伸も
Good afternoon

キリキリ痛むし
シクシク沁みもするけれど
けど今日はこんなに

こんなにいい天気
雲は流れる
日は沈む
まずは大きく伸びをしようか
ついでに欠伸も
Good evening

桜並木の下を行けば

満開の
花トンネルを行く人の
口元のほころび
やがて開いて
ため息と一緒に飛び立ったのは
一匹の蝶
花と遊んで
花の色香を染みこませ
花トンネルを抜ける頃
口中に戻って

——2017・4・9

胸中に戻って

だがそんな満開の花の下
うつむき
真一文字に唇を結んで
真っ暗な
出口の見えないトンネルを
黙々と行く人がいる
蝶はまだ
固い蛹に閉じ込められて
春よこい
春よこい
と待っているのだ

春を喰う

小雨降るなか
手を伸ばせば届く一群れを見たとたん
辺りを見回し
パクリ

頬張っていたのだ
若い苦味と
微かな蜜と
雨滴の瑞々しさが広がって

 ―― 2017・4・10

ああ、俺は今
春を喰っている！
春を喰らっている！

何がそうさせたか
花を腑に落とし
この世の春を感じたかったか

みおさめ

さくらもこれで
みおさめ
というちにち
ふたりあるいて

かすかなかぜにも
ちるはなびら

 ―― 2017・4・16

きれい
とはしゃぐあなたを

みおさめ
のきがして
まださくらのつめの
てをにぎった

都市伝説

かつて、こんな都市伝説があった
香港だかマニラだかの
路地裏にあるブティックで
観光客の
若い日本の娘がよく行方不明になるという
試着室に入ると床が抜けて
ストン
人身売買されるらしい

この話のリアリティは
人生のそれだ
どこに落し穴があるか分からない
ストン

さらにもう一つ、こういうものも
とある女の子がピアスの穴を開けたら
そこから神経のような
一本の糸が出ているのに気づいて
引っ張ってみると
パチン
真っ暗になってしまった

日々引っ張っている蛍光灯の紐と重ねて
話のリアリティを感じるわけだが
それだけじゃない
命のリアリティも
誰しもがある日、誰かに紐を引かれて
パチン

人生には思わぬ落し穴が潜んでいる（ストン）
命は電灯みたいなものだ（パチン）
それはそれとして
これらの話からもう一つ気がつくのは
主人公が若い娘であること
即ち、老獪な人生の前にあっては
老若男女誰もがみんな

若い娘みたいなものだ（ストン、パチン）
というのも
リアリティのある歳の伝説に思える

移ろいの窓

移ろう季節の中
花はもちろん
若葉も
落葉や冬枯れの頃だって
三階の研究室のすぐ目の前の
桜の大木は
大迫力のワイドスクリーンのように
あまりに見事で
いつまでもずっと眺めていたいのだが
授業に追われ

—— 2017・5・3

業務に追われ
行列を作るほどではないにせよ
次々に相談にやってくる学生もいて
なかなかのんびり眺めてはいられない
ぼくの移ろいを
(学生らの移ろいを)
大迫力のワイドスクリーンから
桜の大木は
ずっと眺めていた

陽炎座

二〇一七年のGW、池袋の新文芸坐にて、同年二月に九十三歳で逝った鈴木清順監督の追悼特集が組まれた。『陽炎座』は一九八一年公開。その八年後、松田優作四十歳、三十年後、原田芳雄七十一歳で逝去。

陽炎が立って
撮っていた清順も
撮られていた優作も芳雄も
みんな逝って

みんな逝ったというのに

陽炎が立って
優作はゆらゆら
芳雄はよろよろ

光の中
蘇った男らの立ち居振る舞い
黄泉から帰った声
より撮り見撮り

時は春
陽炎の季節に
儚いものが
定着していた

こどものようにハテナと思った

こどもの日に
義理の母のホームに行って
もうすっかりこどもの日々に帰ってしまった母に
ひとさじひとさじ
流動食を食べさせている妻の向こう側の
テレビのワイドショーでは
北朝鮮の弾道ミサイル発射実験を
かまびすしく報じていたが

 ―― 2017・5・6

こどものような
母と
おとなげない
ミサイルと
どちらがぼくらの日々に近いか？

ひとさじひとさじ
日々の
流動……

斎の劇場

斎場で
係の人に名を呼ばれた
振り返ると見知った顔
「分かります?」
すぐに分かった
かつての教え子で
今は小劇場の女優をしている
卒業から十年は経っているから
もう三十半ばか
こんなところでなにしてるの?

 ——2017・5・18

ぼくの無言の問いを察して
「アルバイト」

食っていくのは大変だ
だが、女優がひとりそこにいると思うだけで
葬儀はまるで芝居のように
ぼくらはみんな舞台役者
主役はもちろん……

亡くなった友人は画家だった
やはり食っていくのは大変で
夢を追った一生だったか

やがて女優も
参列者役のぼくらも去ると
主役がやおら身を起こし
追った夢の
拍手喝采を浴びて一礼
舞台を降りてゆくのだった

幽霊の話

知人から聞いたその手の話で
忘れられないものがいくつかある

一つは高校生の頃だから
ずいぶん昔のことだ
休み時間に隣の女の子から聞いたもので
日曜の夕方、両親が台所に入っていくと
死んだ祖父がいて
驚く間もなく、ふっと消えたという

——2017・6・2

最近、墓参りもしていなかったと
気になって翌週、行ってみると
卒塔婆が倒れていた
――ね、不思議なこともあるものね
大きな目をクリクリさせながら
彼女は話してくれた

二つ目は十年ほど前
友人の打楽器奏者から聞いた話
彼女は薬剤師と結婚して
住居とは別に
一階が薬局、二階が楽器庫の家を建てた
たまにひとり店番をしていると
閉めきった二階の部屋から

耳慣れた音が聞こえてくることがある
あ、あれはインドの鐘
あれは南米の鈴
と自分の楽器だけに全て分かってしまう
実は以前から
自動扉が勝手に開閉することがあって
調べても異常は見当たらない
あるとき女性客が入ってきた後で
またひとりでに開いたとき
その人が（見える人だったわけだ）
「今、小さな女の子が入ってきて二階に上がった」
と教えてくれたそうだ
「悪い子じゃないから」とも言い添えて
――ね、不思議なこともあるものね
やはり大きな目をクリクリさせて

彼女は話してくれた

つい最近、ゼミ生から聞いたこんな話も
彼女が小学校に上がったばかりの頃
隣に長く使われていない幼稚園があって
仲良しの男の子と二人
張り巡らされたフェンスをよじ登り
忍び込むのを日課としていた
ある日のこと
普段は行かない中庭のテラスまで行ってみると
古ぼけた紫色のソファーがあって
その回りで見つけたガラクタを
宝物として別の場所まで運び
もっとないか見てくると言い置いて一人戻ると

ソファーには
老婆が腰掛けていた
ソファーと同じ紫色のドレスと
ショートの白髪の気品ある姿を
不思議と穏やかな気持ちになって見つめていると
目が合って微笑んだという
「おばあさんがいたよ」
大急ぎで友だちのところに行って報告し
二人で駆け戻ると
老婆はもういなかった
往復でたった三十秒ほどだというのに……
「お婆さんはね、こんな風に笑ったの」
そう話す彼女の目もまた
クリクリとよく動いた

こういったことを
いったいどう考えればいいのだろう？
幽霊の存在を信じるかと問われれば
実は自分でも体験したことがあるにも拘わらず
にわかにＹＥＳとは言い難いのだが
彼女らの話には
深く感じ入るものがある

日暮れの台所にぽつんと立っていた老人
真っ暗な部屋で一人楽器を鳴らして遊んでいた少女
廃れた幼稚園のソファーに腰掛けていた品の良い老婆
その寂しさの無言のあらわれを
幽霊と呼ぶのなら

死よりも
幽霊はむしろ詩の領域に属していて
信じるかどうかではなく
味わえるかどうかだと
あの日
彼女らのクリクリした目が
告げていた気がする

——ね、不思議なこともあるものね

II 声を響かせて

鉄筋コンクリートの謎巡り

窓を開けると
遠く工事の音が聞こえてきた
今日もまた
人は地を掘り杭を打ち
コンクリートを流し込んで
建築する

ふと、朔太郎が
(朔太郎もまた、ふと)

「鉄筋コンクリート」に取り憑かれたことを思い出す

—或る日の午後、私は町を歩きながら、ふと「鉄筋コンクリート」
といふ言葉を口に浮べた。何故にそんな言葉が、私の心に浮んだ
のか、まるで理由がわからなかつた。だがその言葉の意味の中に、
何か常識の理解し得ない、或る幽玄な哲理の謎が、神秘に隠され
てゐるやうに思はれた。[*1]

朔太郎は謎を解こうと躍起になる
電車に乗り合わせた技師らの会話にたまたま
「鉄筋コンクリート」の語が出てきたとき
「その形而上の意味」を問うて気味悪がられたり
（そりゃそうだ）

友人を訪ねるなりいきなり、その言葉の
「メタフイヂツクな暗号。寓意。その秘密。隠されたパズル。本当の意味」
を問いただして啞然とされたり
(そりゃそうだ)
朔太郎本人の解説によれば「コント」のようなドタバタの末
これまたふいに悟るのだ

—ふいに全く思ひがけなく、その憑き物のやうな言葉の意味が、急に明るく、霊感のやうに閃めいた。
「虫だ！」

何故、鉄筋コンクリートの

「メタフイヂツクな暗号、寓意、その秘密、隠されたパズル、本当の
意味」
が虫なのか？
は語られていない
「実にその単純なイメーヂ」
「私自身にすつかり解りきつたこと」
と述べられているだけだ

外からはまだ工事の音が聞こえてくる
何故、鉄筋コンクリートが虫なのか？
謎に取り憑かれて
ぼくの頭にも何かが築かれようとしていた
ヒントはきっと作品《テクスト》の中だ

—「テツ、キン、コン」と、それは三シラブルの押韻をし、最後に長く「クリート」と曳くのであった。その神秘的な意味を解かうとして、私は偏執狂者のやうになつてしまつた。

このあたりがどうも匂う
匂う
匂う
匂う、その時

—ふいに全く思ひがけなく、その憑き物のやうな言葉の意味が、急に明るく、霊感のやうに閃めいた。

そう、閃いたのだ！
手にしていた詩集は新漢字に改められたものだったが
本棚から出版当時の旧漢字版を引っ張り出すと……
やっぱり、そうだ
「蟲」になっている！
朔太郎が発見した鉄筋コンクリートの隠された意味は
虫ではなく
蟲！

――光る地面に竹が生え、
青竹が生え、
地下には竹の根が生え、
根がしだいにほそらみ、

根の先より繊毛が生え、*2

と謳った詩人は透視者でもあった
竹林の地の下に
埋もれた根を見てしまったのと同じ力で
ビル街のコンクリートの壁の奥に
隠された鉄筋をもまた透かし見た
そのフォルム、ありさまを
「虫」の形に感じて
それらが組み合わされ
高く伸びて建築される
即ち、蟲!
鉄筋コンクリートのビルの内側には
蟲が潜んでいる!

だが、それだけではなかった
ぼくのイマジネーションは留まることなく
さらに勢いを得る
それだけじゃない！
よく見れば、ほら、「虫」の中に
テとキとコが潜んでいる
ク、リ、ー、ト、も

虫ッ虫ン虫ン虫虫虫虫……！

工事の音はまだ聞こえてくる

鉄やコンクリートを扱う者がいて
妄想を扱う者がいて
だが人はみな
建築せずにはいられない
音の消えゆく方を見上げれば
空もまた
空の建築物を建築していた

＊1　萩原朔太郎「蟲」
＊2　同「竹」

あめふり

雨　雨　ふれふれ
母さんが
蛇の目でおむかい＊

あめのふるひは
きのふれたかあさんが
おむかいにきて

ピッチピッチ　チャップチャップ

うたいながら
どこまでも
蛇《へび》の目で

ランランラン

かあさん
ぼくは
かえるではありません

＊　北原白秋作詞「あめふり」

山のあなた*

あの山の彼方に
幸せが住んでるって言うけどさ
ぼくの幸せはきっと熊の形をして
まだ冬眠中なんだろうな
鼻先には蝶がとまってるっていうのに
山の穴の中で

あなたのことですよぉ
あ、な、た、の！

＊　ブッセの声を響かせて

マダムバタフライ

海の向こうに
今に真白い蒸気がたって
わたしの愛が迎えに来る
十五の少女は信じていたが
自分が蝶だとは
信じられなかったか

—てふてふが一匹韃靼海峡を渡つて行つた*

韃靼《だったん》海峡なら渡れるものを
さすがに
太平洋は無理と思ったか

いや、少女はやはり
蝶だったのだ
血の花園から
真白いてふてふがたって
海の向こう
愛に暮れゆく空へと
渡って行った

＊　安西冬衛の声を響かせて

実話

実は
実が苦手で
実生活
実世間
実務
現実
実人生

実などお構いなしに生きてゆけたら
と願うのだが
実際はそうもゆかずに

ぢつと手を見る*

*　啄木の声を響かせて

チョウかテイか、それが問題だ

丁丁丁丁*
賢治が突きつけたのは
拳銃か豆腐か

だが、丁はチョウではなく
テイと読むべし
健康が丁と頭打ちで
テイテイテイテイと苛む病魔に
イテイテイテイテイテと叫ぶ賢治

けど
——きさまなんかにまけるかよ

僕らの頭も
日々打たれて丁になるが
雨ニモマケズ
と心して
サウイフモノニ
ワタシハナリ、テイ

＊　宮沢賢治「丁丁丁丁丁」の読み方を巡って

乳の流れたあと＊

朝起きて水を飲むと
乾いたからだに川が流れて
一日が開かれる

眠る前にミルクを飲むと
流れたあとが輝き出して
心臓も
ほら、さそりのように燃えはじめ……

どうか神さま
私の心をごらんください
こんなにむなしく一日を終えず
どうかこの次には……

＊　賢治の声を響かせて

月夜の浜辺

——ボタンが一つ　波打際に　落ちていた*

いつしか海を離れ
人の手で加工されて
人の役に立ってきたというのに
ふとした拍子に人を離れて
また海のそばで
波音を聞いているのも
なにかの縁だろうか
今宵の月とは
相似形をなすわたくしを
再び人の手が拾い上げた時

指先から
沁み入るものがあった

心の
闇夜を照らす月になりたい

思いが伝わったかのように
その人はわたくしを
袂に入れた

＊　中也の声を響かせて

あとがき

　どこで何が待ち受けているか分からない。思いがけない落し穴も。不条理だと恨みたくもなるが、何かしらの必然があるようにも思える。気づけば穴の中で、もがくように文字を刻んでいた。囚われの日々の日付も。Ⅰの「後八千の葉」はそうやって記した。Ⅱの「声を響かせて」は、先人の言葉と戯れながら、慰めと励ましをもらった。

　今回も書肆山田の鈴木一民さんと大泉史世さんのお世話になった。校正を担当してくださった方にも。表紙にはまた三嶋典東氏の風がざわざわと。ありがとうございました。

前詩集のあとがきに「詩を書くことは日々を生き抜くことだという思いを深くするこの頃である」と記したが、今回も同じ思いだ。

いや、いっそう深く。

二〇一七年の秋風に吹かれて　　能祖將夫

能祖將夫（のうそ・まさお）

一九五八年、愛媛県新居浜市生まれ。
二〇一五年、第四回びーぐるの新人。
神奈川県相模原市在住。

詩集
『曇りの日』（二〇〇九年、書肆山田）
『あめだま』（二〇一六年、書肆山田）
『魂踏み』（二〇一六年、書肆山田）

かなしみという名の爆弾を＊著者能祖將夫＊発行二〇一七年一二月二五日初版第一刷＊装画三嶋典東＊発行者鈴木一民発行所書肆山田東京都豊島区南池袋二—八—五—三〇一電話〇三—三九八八—七四六七＊組版中島浩印刷精密印刷石塚印刷製本日進堂製本＊ＩＳＢＮ九七八-四-八七九九五-九六三-八